孙子兵法

——第十五册

上海人民美術出版社
浙江人民美术出版社

目　录

势　篇 · 第十五册

战 例

冒顿示敌怯懦灭东胡

编文：王　铷

绘画：陈亚非　淮　联

原　文　乱生于治，怯生于勇，弱生于强。

译　文　示敌混乱，是由于有严整的组织；示敌怯懦，是由于有勇敢的素质；示敌弱小，是由于有强大的兵力。

1. 秦二世元年（公元前209年），匈奴头曼单于因偏爱小儿子而欲废去太子冒顿，冒顿记恨在心，因而在一天随父狩猎时，乘父不备，用响箭射他。冒顿的部下都习惯于跟着响箭开弓，于是头曼单于被乱箭射死。

2. 冒顿从小就勇敢机智，当他觉察到父亲有废长立幼的意图后，就制作了这种响箭，并带着部属训练。他的响箭射向哪里，部属必须立即跟着向哪里发箭。

3. 冒顿杀死父亲后，就于当年即位，自立为单于。

4. 匈奴的邻国东胡得知冒顿杀父自立，欺他年轻，派使者前来挑衅，索要头曼单于的千里马。

5. 头曼单于的千里马，确是一匹骏马，因此冒顿在征求群臣意见时，群臣一致反对说："这是匈奴的宝马，不能给东胡！"

6. 冒顿笑笑道：“既然我们与东胡为邻，岂能为一匹马而失去邻国的友谊！”于是，命人将千里宝马交给东胡国来使。

7. 东胡国王以为冒顿胆小怕事，过了些日子，又派使者来匈奴，对冒顿说要一名冒顿宠爱的妃子。

8. 冒顿又询问群臣，群臣大骂东胡无理，竟想要单于的妃子，欺人太甚！要求冒顿出兵讨伐。

9. 冒顿还是摇摇头说："为了一个喜爱的女子而伤了两国的和气，没有这个必要。"于是将宠妃送给东胡。

10. 东胡与匈奴之间有一块无人居住的土地，有一千余里。东胡王见冒顿软弱可欺，企图霸占这块土地。

11. 东胡使者又来到匈奴，提出土地的要求。冒顿问群臣的意见。群臣中有人说："这是一块废弃的土地，给他们或不给他们都无所谓。"

12. 这时冒顿却勃然大怒，对群臣大声说：“土地乃国家之根本，怎能拱手让人！”喝令左右，拿下来使，并将凡说可以将土地让人的大臣全部斩首。

13. 冒顿一马当先，下令出击东胡，并下了一道严令：“国中有迟迟不从军出击者，立杀无赦！”大军立即排山倒海似的向东胡杀去。

14. 东胡王得到千里马和美人之后，十分轻视匈奴，毫无防范。

15. 冒顿率大军仿佛从天而降，东胡王仓促应战，一败涂地，落荒而逃。

16. 冒顿穷追不舍，杀了东胡王，掳了大量东胡国的百姓及牲畜，胜利而归。

17. 匈奴国的群臣方知冒顿单于送良马及宠妃，并非是懦弱无能，而是故意示弱，以麻痹东胡，然后一战而灭之。他们对冒顿都无比敬佩。

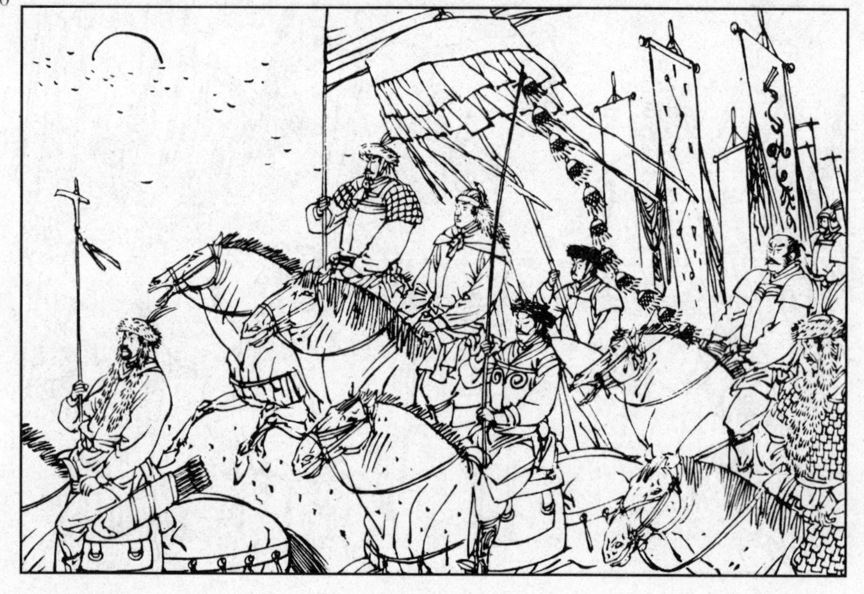

18. 从此匈奴势力大盛，冒顿统领将士东征西战，匈奴强盛起来了。

战 例

魏舒更制战戎狄

编文：晨　元

绘画：盛元龙 励　钊

原　文　治乱，数也。

译　文　严整与混乱，是由组织编制好坏决定的。

1. 春秋末年，晋国北部与当时被称为戎狄的部落相邻。戎狄人大部分聚居山区，凶勇强悍，但不从事耕种，经常南下侵扰晋国北部地区。

2. 晋平公十七年（公元前 541 年），晋侯派荀吴挂帅北征，率战车千乘，进攻戎狄集居的大原（今山西太原及附近一带）。

3. 大军进入戎狄境内，道路狭窄，沟壑纵横，人车拥挤，稍有不慎，战车便翻入沟壑，车毁人亡。

4. 徒步作战的戎狄兵乘机袭击，有利则战，不利则走，越沟跳涧，如履平地。晋军处处被动挨打，导致队伍混乱、将士畏惧。

5. 晋军元帅荀吴正在为难，大将魏舒前来献策说：“这里地形复杂，四十名兵士跟从一辆战车反而难以施展，不如让每车挑选十名精锐步卒配合作战，即可取胜。”

6. 荀吴欣然应允。魏舒便率领新组建的战车，出阵交锋，果然获胜。

7. 戎狄失利后，就退入山林之中，晋军兵车无法追击。魏舒又提出毁弃兵车，让车兵与步卒混合编成步兵作战。

8. 荀吴认为有理，就让魏舒负责更制编伍。荀吴的亲信车兵不肯与步卒同列，拒绝执行。

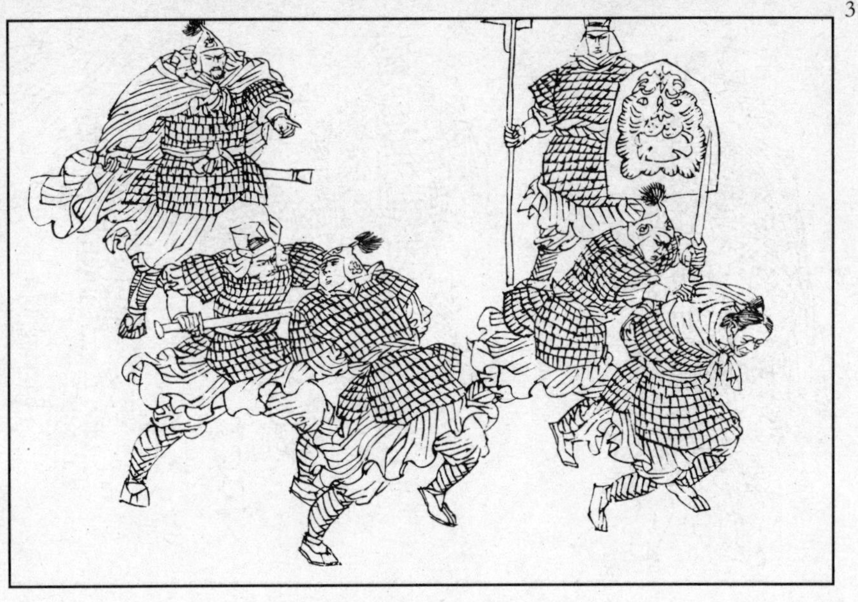

9. 魏舒当即将带头起哄的车兵斩首示众，顿时全军肃然。

10. 晋军遂将战车丢弃不用，改编为五人一伍，伍作为战斗的最小组织。

11. 魏舒又编练步兵阵法，将伍编成能够互相应援的军阵。作战时，前面布两伍，后面布五伍，左面布三伍，右面布一伍，形成一个前弱后强中间空的大方阵。

12. 再用机警的士卒组成偏阵（十伍），作为突击部队。这样形成稀疏的配置，既便于山地行进，又便于互相配合支援。

13. 新编组的晋军向深山密林挺进。戎狄部众一见这支无车无马、零星分散的军队，都放声大笑，嘲笑晋人失常。

14. 戎狄部落没有列阵就轻率地发起进攻。晋军接战后，即佯败后退。戎狄部众满不在乎地追杀上来。

15. 这时，晋军突然三面杀过来，顿时聚集了许多人，将戎狄部众分割包围。戎狄猝不及防，乱成一片。

16. 戎狄乱兵急忙转身逃窜，去路早被配置在阵前的晋军士兵截断。晋军一阵冲杀，戎狄士众死伤无数。

17. 所剩戎狄再往左右两边溃逃时，又被晋军的左、右诸伍截住去路，无法脱身，只有束手就擒。

18. 晋军一战得胜，当即转向他处，用同样的阵法作战，都取得了胜利。从这以后的很长时间里，戎狄部落不敢再骚扰晋国北部。中国战争史上中原各国由车战转向步战，也从这次战役后开始。

战 例

桓温合势齐力取成都

编文：浦　石

绘画：叶　雄　方　雪　正　勤

原　文　勇怯，势也。

译　文　勇敢与怯懦，是由态势优劣造成的。

1. 东晋永和元年（公元 345 年），两岁的穆帝司马聃即位，太后抱帝临朝。同一年，都督七州军事的征西将军庾翼病亡，太后朝议继任人选。有大臣推荐说："徐州刺史桓温有文武才干，没有人能超过他了。"

2. 太后依奏，拜桓温为安西将军，持节，都督荆、司、雍、益、梁、宁六州诸军事，荆州刺史，领护南蛮校尉，任以军国大任。

3. 桓温接任以后，招兵买马，训练水陆两军，有志西攻蜀地，消灭成汉。

4. 密探回来报告，成汉主李势昏庸骄横，内政混乱，将士离心。桓温听后大喜。

5. 永和二年（公元 346 年）初冬，桓温乘长江水枯，调集大军，派袁乔为先锋，亲率部队沿江西征。

6. 成汉主李势凭借天险，很少设防，桓温大军所到之处，势如破竹，汉军非降即走。

7. 第二年春，桓温的部队已到了离成都二百里的彭模（今四川彭山）。桓温召开军事会议，众人提出兵分两路，分道同进，可以分散汉军兵势，唯有先锋袁乔沉默不语。

8. 桓温征求他的意见。袁乔说："现在我军深入敌境万里有余，胜则大功告成，败则难以生还。若分两军，众心不一，如一军失利，则大事去矣。应当合势齐力，争取一战而胜。"

9. “合势齐力，说得好！”桓温对袁乔的话大加赞赏，又道，“古人道，兵临死地而后生，我们一鼓作气，直下成都，定能获胜。”

10. 桓温下令，老弱病卒留在彭模看守军需辎重，全军精锐步卒只带三日干粮，毁弃烧饭的锅罐，轻装向成都挺进。

11. 途中，汉将李权阻截，晋军三战三捷，汉兵溃退，散兵逃回成都。

12. 成都附近，李势还保存了不少部队，他自己亲临前线，在筰桥一带，与东晋军摆开了战场。

13. 桓温部队初战不利，参军龚护战死，汉军乘胜而攻，万箭齐发，流矢已飞到桓温马前，但桓温镇定自若，脸不改色。

14. 桓军前锋阵脚已乱，有些人在往后退却，左右劝桓温暂避锋芒，桓温不听，厉声道："袁将军何在？"

15. 袁乔应声而来，桓温将佩剑交给他道："合势齐力，胜负在此一战，我军远来，退必败。将军为我督战，有后退者，立斩！"

16. 袁乔奉命，杀了一名后退的军官，并下达了桓温的命令，阵脚顿时稳住，并开始反击。顿时，战鼓雷鸣，杀声震天。

17. 桓温身先士卒，跃马冲在阵前，东晋军威大振，全力反击。汉军早已人心涣散，一见东晋军的声势，纷纷后退。

18. 成汉主李势一见情况不妙，退入城内，汉军随后溃散。桓温率军围攻成都。

19. 桓温令士兵放火焚烧城门，汉军惶恐不安，更无斗志。

20. 李势见大势已去，当夜打开城东门，仓皇逃走。晋军占领成都。

21. 李势逃到葭萌，身边只留亲近随从，已无法再战，只好用车装着棺材，双手缚在背后，到桓温军门投降。

22. 桓温灭了成汉，将李势及宗室十余人送往京都建康。太后问他何以能在五月之内灭汉？桓温道："此乃先锋袁乔之功，合势齐力，所向无敌。"太后遂重赏各有功之臣。

战例

康熙以强击弱收复台湾

编文：姚　瑶

绘画：钱定华　水新蓓
韧　韵　水新强

原　文　强弱，形也。

译　文　强大与弱小，是由实力大小对比显现的。

1. 明朝末年，外国殖民侵略者相继攻占中国的海上明珠台湾。直到清代顺治十八年（公元 1661 年），南明将领郑成功率大军包围台湾，才迫使荷兰末任总督投降。沦陷了三十八年的台湾又重新回到祖国的怀抱。

2. 郑成功收复台湾后，十分体恤台湾百姓多年来遭受的苦难，经常深入高山族民间访问，将布匹、日用品赠送给穷苦百姓。

3. 经过数月的广泛调查，郑成功制订了发展台湾经济的规划和政策。然而很不幸，由于连年征战，过度劳累，他身患重病。收复台湾后仅五个月，年仅三十八岁的民族英雄郑成功逝世了。

4．郑成功死后，郑军内部发生了争权斗争，在台湾的将领拥护郑成功的弟弟郑世袭代理王位；驻守厦门的郑成功长子郑经率军至台湾，战败了拥护郑世袭的郑军，继位为延平郡王。

5. 郑经继续治理台湾，招集移民，发展生产，经过七八年的努力，使台湾的经济得到了恢复。

6. 但是郑经此时已放弃了郑成功统一祖国的大志，妄图自立国家。当时，清廷康熙帝玄烨在位，吴三桂、耿精忠、尚之信等“三藩”作乱，郑经乘机出兵攻取了厦门、泉州、漳州、潮州等地。

7. 康熙十六年（公元1677年），玄烨对郑经采取招抚政策，两次派人与郑经谈判。郑经判断清军无力渡海作战，均予拒绝。

8. 康熙十七年，清军基本上已控制了战局，遂加紧进行全面进攻的准备：任命平浙有功的姚启圣为福建总督，任命万正色为福建水师提督，建造舰船，训练水军；在险要地区筑小寨、安守兵……

9. 玄烨还通过姚启圣派遣大批间谍打入郑军内部，策动投诚和散布流言，以离间郑军的团结。

10. 康熙十七年六月至十一月，被清军招投诚的郑军官吏有一千二百余人，兵士有一万一千六百余人；此外，郑军将领杨一豹，一次即率官兵三万一千余人归顺清廷。郑军处境日益困难。

11. 康熙十九年（公元 1680 年），水师提督万正色率主力进攻海坛，郑军水师副总督朱天贵战败南逃，清军乘胜攻克湄州、南日、厦门、海澄等地。郑经仅率残部千余人逃回台湾。

12. 郑经逃离后，清军进驻沿海诸岛，安排投诚官兵开垦，同时进行攻取台湾的充分准备。

13. 第二年（公元1681年）正月，郑经病死，其长子郑克臧继位。侍卫冯锡范与郑成功的妻子董氏密谋，杀害了郑克臧，拥立郑经的幼年次子克塽为延平郡王。

14. 郑军宾客司傅为霖暗通清军，密送情报给清军说：“(郑军)叔侄相猜，文武解体，政出多门，各怀观望……主幼国虚，内乱必萌，内外交困，无不立溃。”

15. 玄烨当机立断，将万正色调为陆路提督，任用智勇双全而又有海战经验的施琅为福建水师提督，统率舟师进取澎湖、台湾。

16. 台湾的执政者为了维护自己的王位和权力，又为了争取时间进行防御清军的准备，派人向清廷提出“称臣奉贡”、罢兵谈和的要求，打算把台湾划出中华国土的版图而独立。

17. 玄烨此时的实力，远远超过当初招抚郑经的时期，而且玄烨一贯主张统一，遂拒绝了郑克塽的要求，令施琅相机进攻。

18. 施琅曾当过郑成功的部将，对郑军情况熟悉。他将郑军的将士、船舰、惯用战法等各个方面与自己率领的清军作了对比分析，认为其数量、质量等均劣于己军。

19. 他认为，台湾孤悬海外，形单势弱，极容易受殖民势力侵袭，必须统一起来，加强对台湾的政治、军事、经济的管理和发展。因此在接到圣旨后，他立即抓紧训练水师。

20. 施琅决定选择南风季节，于康熙二十二年（公元 1683 年）六月间发起进攻。南风季节风轻浪平，夜间尤静，可在海面上集中停泊舰只，寻找敌人弱点，随时部署进攻。于是，他率船舰组成纵队向澎湖进发。

21. 郑军的澎湖守将刘国轩，早在岛屿四周修筑矮墙二十余里，设置火器，严密防守。今闻清廷派施琅率大军来攻，不敢怠慢，严阵以待。

22. 施琅命蓝理为先锋，选定涨潮之日，进逼澎湖。岛上射出猛烈的炮火、矢石，使清军难以靠近。

23. 刘国轩率郑军船舰以横队迎战。清军先锋舰队趁顺风冲入郑军船队，被郑军包围。施琅亲率主力舰队增援，内外夹攻郑军，苦战一整天，相持不下。施琅右眼受伤，几乎摔倒。

24. 施琅与部将商议后，决定分兵出击：总兵魏明和陈蟒，各率五十艘船舰，分别攻打牛心湾和鸡笼岛；蓝理继续攻澎湖正面；他自己率主力五十六艘船舰从中路进军。

25. 又经过整整一天的激烈海战，郑军全军覆没，刘国轩仅率少数残部逃向台湾岛，清军完全占领了澎湖三十六岛。

26. 刘国轩逃回台湾，郑氏集团一片慌乱。是战，是逃，是降？众说纷纭，莫衷一是。

27. 施琅为了进一步分化瓦解郑军，继续采用了心理战，对投诚人员以礼相待，士兵发给钱粮，伤员予以治疗，愿归台湾家乡者派船送回家乡。

28. 这一措施影响极大，原已失去斗志的郑氏集团成员，此时更不愿战，盼望王师早日到来。

29. 玄烨此时乘机通过施琅向郑氏集团招抚，劝告他们停止抵抗，放弃分裂，必将宽厚以待，善为安插，各得其所；还宣布“煌煌谕旨，炳如日月，朕不食言”。

30. 与此同时，施琅、蓝理等将，乘清晨海上大雾迷茫、潮水猛涨之际，率领船舰飞速前进，进逼台湾。

31．郑氏集团的执政者见台湾被围，大势已去，终于接受玄烨的劝告，归顺了清廷。

32. 施琅进驻台湾，郑克塽缴出延平郡王招讨大将军印，献出台湾版籍。

33. 受降后，施琅派将领抚慰台湾百姓，并立即派人向玄烨告捷。

34. 玄烨接到捷报，十分欣喜，敕封施琅为靖海侯；命郑克塽进京，封海澄公；其余有功之臣，均论功行赏。至此，中华国土台湾，重又和祖国大陆统一了。

战例

孙膑减灶诱进灭庞涓

编文：钱水土

绘画：高　云

原　文　善动敌者：形之，敌必从之；予之，敌必取之。以此动之，以卒待之。

译　文　善于调动敌人的将帅，伪装假象迷惑敌人，敌人就会听从调动；用小利引诱敌人，敌人就会来夺取。用这样的办法去调动敌人，用重兵来伺机掩击它。

1. 周显王二十七年（公元前 342 年），魏惠王命大将庞涓率兵攻打韩国。两年前，魏惠王曾以霸主身份召集诸侯会盟，朝见天子。韩国当时因予抵制而未与会。魏国此次出兵正是为了惩罚韩国。

2. 韩国国君考虑到本国势弱力小，难以与魏国抗衡，便急忙遣使赶往齐国，请求齐国出兵援救。齐威王就召集大臣商议。

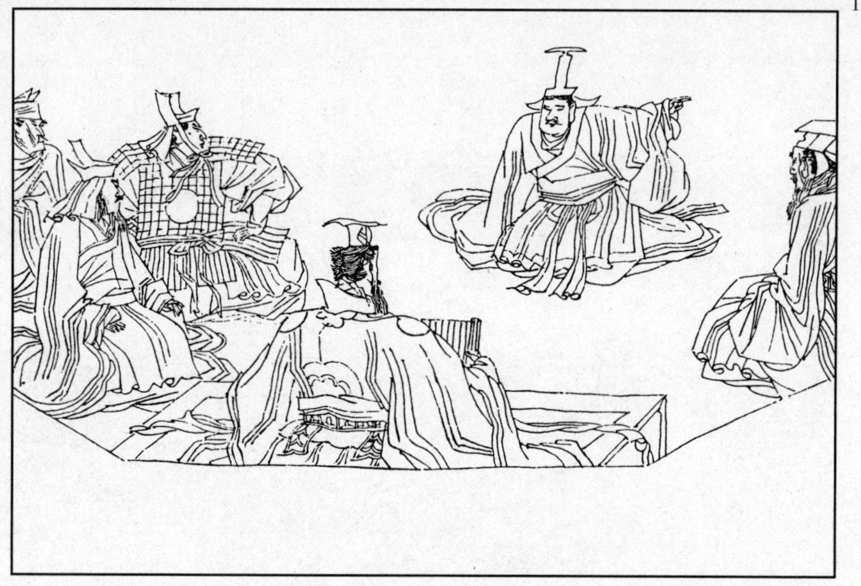

3. 孙膑说："立即答应救韩，可以促使韩奋力抗魏；但又不要立即出兵，等魏军力量受到严重消耗时再出兵救援，这就能减少本国的损失，又能获得韩国的尊敬。"齐王认为这"受重利而得尊名"的计策很好，遂答应出兵救韩。

4. 韩国以为有齐国可依恃，就倾其全力抵抗魏军进攻，终因势单力弱，导致五战皆败的局面。这样坚持了一年左右，韩国实在难以坚持了，遂于第二年再遣使要求齐国出兵。

5. 这时，齐威王认为韩、魏双方的实力都已消耗很大，可以出兵了。遂任命田忌为主将、孙膑为军师，并按孙膑的意见，不直接出兵为韩解围，而把矛头指向魏都大梁（今河南开封西北）。

6. 魏惠王得到边界警报，自忖凭借国内有限兵力，无法与齐军匹敌，只好火速派人赶往韩国，送信给庞涓，让他迅即回师自救。

7. 庞涓读罢魏王书信，气得七窍生烟。眼见韩国都城郑邑（今河南新郑）指日可下，不想被齐国背后一击，顿使前功尽弃。

8. 庞涓率兵撤回国内。此时，齐军正好越境进入魏国境内。

9. 魏惠王痛恨齐国乘机相攻，便动员全国十万兵马，命太子申为上将军、庞涓为将军，与齐军决战。

10．田忌和孙膑商量对策，孙膑说：“魏军悍勇而轻视齐军，齐军若装怯佯退，魏军必轻敌冒进。《兵法》说，奔一百里去争利，大将就有受挫折的危险。这样，我军就可以因势利导，打击魏军了。”

11. 田忌急切问道："请问军师有何妙计可以诱敌深入？" 孙膑如此这般和田忌讲了一番。田忌连连点头称善。

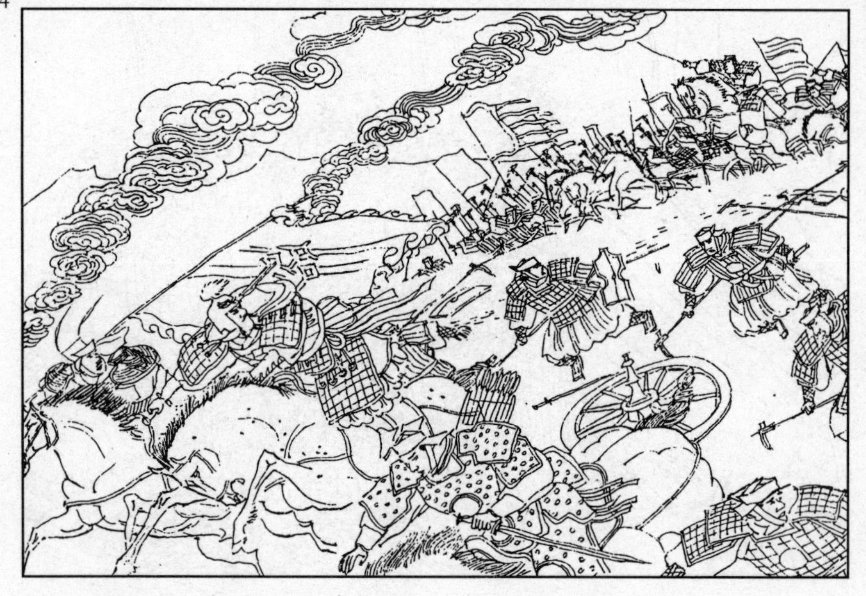

12. 按照孙膑的计策，田忌命令部队与魏军稍一接触，便佯装无力抵抗，立刻后撤。魏军见状，紧追不舍。

13. 撤军的第一天，田忌命令部队战士挖掘了供十万人造饭的军灶；第二天，军灶减少到供五万人用的数量；第三天，军灶又减少到只能供两万人用的了。

14. 庞涓率军尾追了三天，不断闻报齐军减灶的消息，误以为齐军逃亡严重，骄傲地说：“我一向知道齐军怯懦，不敢战斗，现在他们进入我国境内才三天，逃跑的士兵已超过了半数。”

15. 于是他就丢下步兵，只率领轻车精骑，急行军追赶。

16. 齐军退入本国境内后，又故意遗弃了部分辎重。魏兵一见，争相抢夺，庞涓由此认为齐军已经败乱，率军进一步深入齐国境内。

17. 齐军来到马陵（今河北大名东南）。这儿道路狭窄，两旁地形险要，便于埋伏军队。

18. 孙膑根据魏军行程，判断魏军将于日暮进到马陵，于是命人将一棵大树的皮剥去，在白木上写道：庞涓死于此树之下。

19. 接着，孙膑又让田忌预先部署好伏兵，并派齐军射箭能手万人带着弩箭，埋伏在道路两旁，并约定说："到夜里看见火把一亮，就一齐放箭。"

20. 孙膑坐在战车中，想起自己早年曾被庞涓陷害、挖掉了膝盖骨而致残，此仇今日可报，大感欣慰，脸上不觉露出笑容。

21. 不出孙膑所料，这天晚上，庞涓果然率兵急匆匆赶到马陵，进入齐军伏击区内。

22. 庞涓突然发现路边一棵剥了皮的大树上写着字，一时却又看不清楚，就命人点燃火把照看。

23. 庞涓尚未看完上面的字，齐军就已万箭齐发，射向敌阵。魏军不及防备，乱作一团，纷纷溃逃。

24. 庞涓领兵左冲右突，企图杀出一条血路，怎奈地势险要，被齐军团团包围，如入齐军囊中，始终冲不出去。

25. 庞涓智穷力竭，自知不是孙膑的对手，败局已定，感到愤愧万分，于是引颈自杀。

26. 齐军乘胜前进，又大败魏军，俘获了魏太子申，前后共歼灭魏军十万余人。魏国遭此惨败，国势一蹶不振。

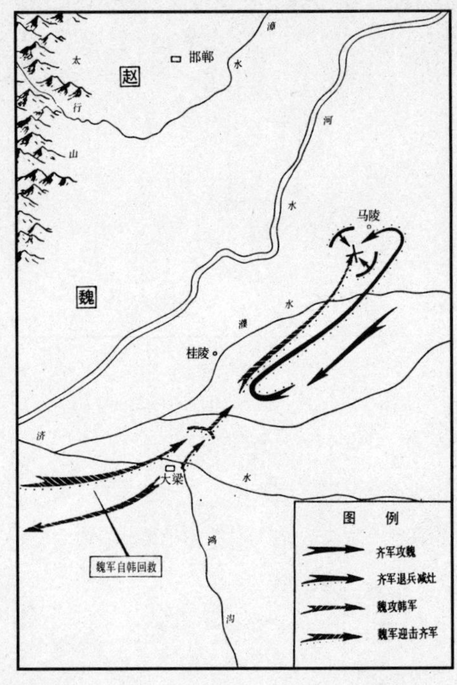
赵
邯郸
漳
水
河
太
行
山
水
马陵
魏
水
濮
桂陵
济
大梁
水
鸿
沟
魏军自韩回救
图 例
齐军攻魏
齐军退兵减灶
魏攻韩军
魏军迎击齐军

齐魏马陵之战示意图

孙　子　兵　法

SUN　ZI　BING　FA

战 例

曹操择人任势战合肥

编文：佚 佚

绘画：张新国 定 远 江 松

原　文　善战者，求之于势，不责于人，故能择人而任势。

译　文　善于作战的人，总是设法造成有利的态势，而不苛求部属，所以他能选择人才去利用和创造有利的态势。

1. 建安十八年（公元 213 年）正月，曹操率军四十万进攻东吴，孙权指挥七万兵马抗御，双方相持月余。曹操见孙权舟船军伍始终整肃，叹道："生儿子就该像孙权这样！"遂撤军而还。

2. 临走时，曹操留大将张辽、乐进、李典镇守重镇合肥，后来又给护军薛悌一封密函，告诉他如若孙权率兵来攻，再行拆信。

3. 建安二十年（公元 215 年）三月，曹操统兵西击汉中张鲁。孙权闻报，果然于八月带领十万部队进攻合肥。合肥守军只七千余人，形势十分危急。

4. 兵力相差悬殊，合城惊慌。薛悌与张辽等将领共同拆开密函，信中写道："如若孙权军到达，张辽、李典带兵进攻；乐进守城，不要参与战斗。"

5. 张辽原是吕布的部将。自建安三年（公元198年）吕布战败，他投降曹操后，十五年来立下多次军功，颇为曹操所信赖，被封为都亭侯。此时，他认真琢磨着曹操密信的意图。

6. 几个人都在思考，对曹操密函中的指示不大理解：合肥守军不足万人，不及孙军十分之一，守恐怕还不容易，为何还要主动出击？

7. 张辽说："曹公远征在外，等待救兵是来不及的，所以指示我们在敌人围城未合之前主动出击，伤其锐气，以安众心，然后就容易守住了。"

8. 张辽见众人仍有些疑惑，说："成败之机，在此一战，你们如果有疑虑，我愿意单独领兵出战！" 李典说："我随你一起去！"

9. 于是，张辽连夜选拔精锐八百名，杀牛犒劳他们。

10. 第二天一早，张、李二将率领将士向敌阵发起进攻。张辽一马当先，高呼着自己的名字，冲入敌阵，连斩孙权两员大将，冲进营垒，直至孙权麾下。

11. 孙权遭受突然袭击，大惊失色。诸将一时也不知所措，便退到高处，用长戟自守。张辽大叫孙权下来决战，孙权一时不敢动。

12. 后来见张辽人马不多，孙权便调集军队，把张辽团团围住。张辽左冲右突，所向披靡，从早晨一直战到中午，孙权军锐气大伤。

13. 张辽率数十骑突围而出，见还有余部在包围圈里，重又冲进孙营之中，救出被围将士，无人敢挡。

14. 张辽回城，又加强了守备，将领们对他十分佩服，士气高涨，严守合肥城。孙权围攻了十余天，不敢破城，只得引军撤退。

15. 张辽乘势追击。他发现孙权军大部分已撤到逍遥津（在合肥东北）南岸，而孙权和部分将领还留在北岸，便率骑猛冲过去。

16. 众将保护孙权来到河边，见桥已毁，追兵又至，孙权跃马过河，才得脱离险境。

17. 曹操闻报张辽按照他留下的指示，奋勇出战，打退孙权兵马，非常高兴，拜张辽为征东将军。

18. 第二年，曹操南下到达合肥，在张辽血战的沙场，叹息良久，对诸将说："孙军众多，以为必胜，故而骄惰，张辽以勇兵击之，其势必胜。胜后守城，城乃牢固矣！"